Sister & Vampire

1

Akatsuki

Sister & Vampire

1

Inhalt

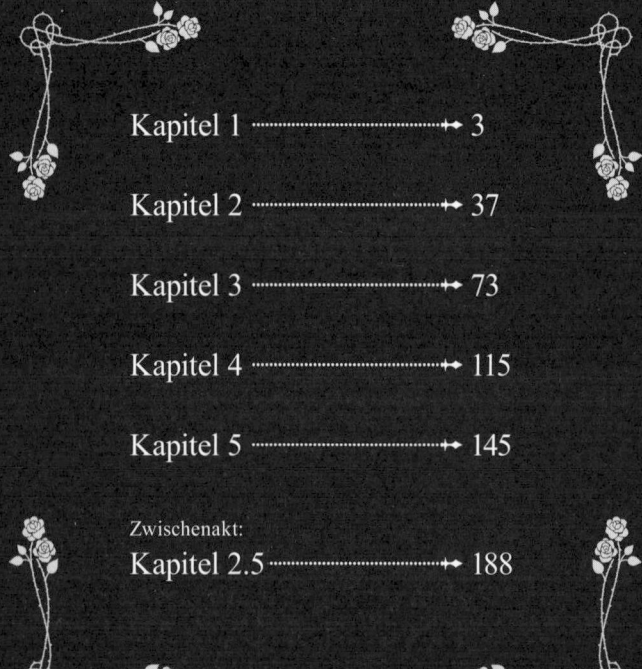

Sister & Vampire

Kapitel 1

Lächel

Was?

Ich
...

...
bin
...

Gott
...

...
beschützt
mich ...

Schieb

...
eine
Ordens-
schwes-
ter und
...
...
habe mein
Leben Gott
geweiht!

15

Kann es sein ...

Möchtest du vielleicht deine Sünden beichten?

Ähm ...

Es war die richtige Entscheidung, in diese Gegend zu kommen.

Uh ...

Ah!

Ich habe ein schönes, leer stehendes Haus gefunden.

Guck

Ke he

Wirkt das Gift noch, obwohl du tagelang geschlafen hast? Oder war das eine natürliche Reaktion?

Hm?

Ich weiß nicht, wovon du sprichst!

Hatte ich recht?

Du warst zum Beichten in der Kirche, aber konntest dich nicht überwinden ...

Er muss der Vampir sein, der in letzter Zeit so viele Menschen angegriffen hat ...

Hah ...

Warum lebe ich noch ...?

Es lohnt sich wirklich, dich zu beflecken.

... heilige Schwester!

Dein Gottesglaube und deine Naivität sind wirklich rührend ...

Ha ha

...!

Haa ...

Ich habe dich am Leben gelassen, um in Ruhe mit dir zu spielen, aber jetzt kann ich mich nicht mehr zurückhalten.

Drück

Ich war in der Stadt, weil ich Durst hatte.

Was ...

Nein!

Dann hat es aus der Kirche so gut geduftet, dass ich nicht widerstehen konnte.

Kriee

Wenn dein Gott so gut ist, habe ich eine Bitte an ihn.

Das ist alles.

Tapp

Was für fürchterliche Monster! Mit denen kann man nicht reden!

Whoooosch

Aah!

Domm

Fiep

Flapp Flapp Flapp

...

Mit dir ...

... wird es wirklich nicht langweilig.

So sind also Vampire!

Aber ...

The Eighth Vampire Vic

... ich muss schnell die Leute in der Stadt warnen!

Raschel ?

Aus dem ersten Stock zu springen war ganz schön gefährlich ...

Und mit der Blutarmut ist es schwer zu fliehen ...

Schmerz

23

Nicht, dass es noch mehr Opfer gibt.

Rasche!

Eine Leiche?!

Schwe...

Was?

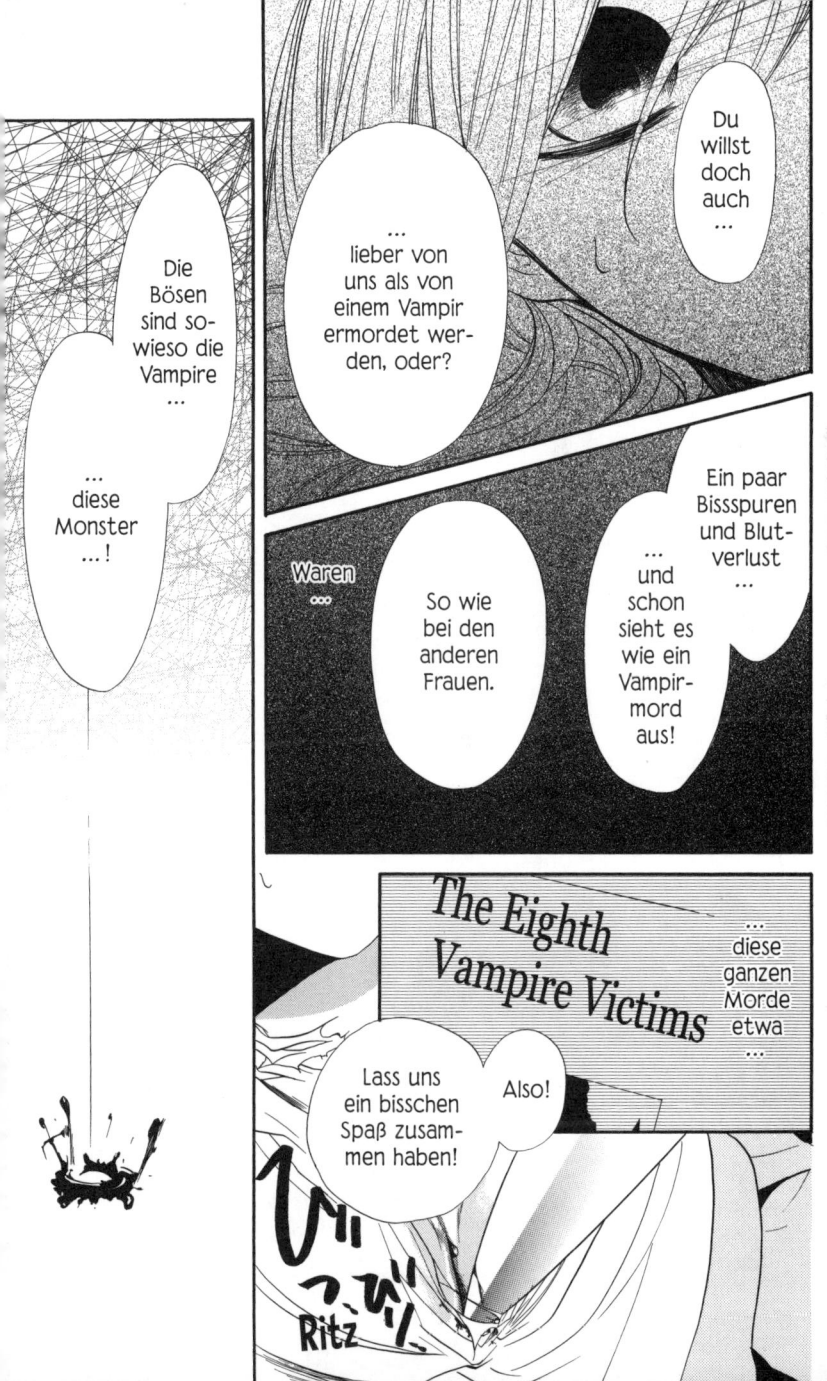

Wer ist hier das Monster?

Splott

Macht nicht einfach einen Allesfresser aus mir!

Ein Vampirmord? Ihr spinnt ja!

Eine Fledermaus?!

Ah!

Wer war das?! Von wo ...

Was?!

Flapp

Es tut mir leid ...

... dass ich dich ein Monster genannt habe.

... ist dieser Vampir ...

... aber ...

Du bist ein grausamer Vampir ...

... und das ist, was wirklich zählt.

... du hast ein Herz ...

... tausendmal besser als diese Kerle.

Nur zu.

Du weißt aber, dass ich dich zerfleischen will?

Immer noch so naiv!

Ha ha!

Domm

Aber vorher …

… bringe ich dir bei, was Gefühle sind.

… hat auch mich nicht im Stich gelassen, als ich gesündigt habe.

… Gott …

Du hast viele Menschen getötet.

Ich möchte, dass wir einander besser verstehen.

Zieh

Also folge ich Gottes Beispiel …

… und lasse dich auch nicht im Stich.

Das ist eine unverzeihliche Sünde.

Drück

Zieh

Aber …

Zum ersten Mal finde ich, es wäre eine Schande ...

... nur kurz mit einer Frau ...

Meinen Körper kann es beschmutzen

... aber mein Herz niemals.

Das ist mir klar geworden, als ich in dein Herz gesehen habe.

Zitter かた

Zitter かた

Ke he

... zu spielen.

Ich fürchte mich nicht mehr vor dem Gift.

Mit dir wird es nie langweilig.

In Ordnung.

Versuch es!

Was?

Swupp

Ich heiße Richter.

Und wie heißt du?

Was ...

... danach geschah ...

... wissen nur die beiden.

Frage: War es nicht ganz schön dumm, Erna entkommen zu lassen?

Ke he

Ich kriege sie ja sowieso.

Zitter

...

Zitter

?

Es macht Spaß, ein fliehendes Häschen zu jagen.

Frage: Kann eine Ordensschwester so einfach durch eine Fensterscheibe springen?

... während meiner Zeit als Waise habe ich viel sündhaften Unfug getrieben ...

Das war ein Rückfall in jene Zeit

Ähm ... also ... ich war verzweifelt ...

... und ...

Dann überrascht es mich aber, dass du jetzt so strenggläubig bist!

R

Pater ...?

Ah! Und der ehrwürdige Pater hat mir auch viel Beistand geleistet!

Das ist, weil ich Gott begegnet bin!

Kapitel 2

Haah…

Na, wie ist das?

Bist du endlich bereit, dich der Lust hinzugeben?

Zuck

…

… macht jemandem, der unter Gottes Schutz steht, überhaupt nichts aus!

Dieses … Aphrodisiakum …

Heilige Schwester?

Haa

Haa

Ich …

… heiße Erna.

An jenem Tag

Er ist kein Monster.

Er hat ein Herz.

»Aber vorher bringe ich dir bei, was Gefühle sind!«

Aber bislang konnte ich nichts für ihn tun, außer ihn mein Blut trinken zu lassen.

Bitte ... lass das ...

Ah!

Aah!

Nein ...

Egal was passiert, ich darf nicht die Kontrolle verlieren.

Das habe ich mir geschworen.

Zuck

Es passiert mir wirklich zum ersten Mal ...

Ich kriege nicht genug von dir.

Slrp

... dass sich eine Frau so gegen das Gift wehrt und ihren eigenen Willen bewahrt.

Schlp

Bitte ... warte!

Was ist?

Flapp

...!!

Hram

Ich wollte dir heute ...

Klonk

... das hier geben.

Schwindel よろ？

Ke he

Ke he

Hast du immer noch nicht genug?

Dass du die Initiative ergreifst ...

Nein ...!

Ich fühle mich erbärmlich.

Lächel

Eine
Bibel?

...
dass vor
ihm alle
gleich
sind.

Gott
selbst hat
gesagt
...

?

Das
ist ganz
egal.

Hör mal,
ich bin ein
Vampir
...

Hah
...

... kann
Richter
jederzeit
lesen ...

... und
sie wird
ihm sicher
dabei helfen,
Gefühle zu
entwickeln!

Sie ist noch
dicker ge-
worden, weil
ich Notizen
reingeklebt
habe.

Es ist eine
alte Bibel von
mir. Ich hoffe,
das stört dich
nicht ...

Drück

...
aber
eine
Bibel
...

Ich schaffe
es nie, mich
richtig mit
ihm zu un-
terhalten
...

42

... noch viel härter rannehmen!

Hram

Schhhlp

... im Ernst ...?

Nicht ...

?!

Was ...?!

Für dieses kostbare Geschenk ...

Schlp

Zuck

... muss ich mich erst mal bedanken!

Nein!

Warte!

Jetzt ... will ich dich ...

Grap

43

... son-
dern eine
Bestie!

Richter
ist kein
Monster
...

Bamm
Bamm
だんだんだんっ
Bamm

Schwindel
ふらぁっ
Domp
Wank

...

Er hat
die Bibel
angenom-
men ...

... aber
dann
macht
er so
was!

Er
ist eine
Bestie!

Immer
wieder ...
an den ver-
schiedensten
Körper-
stellen!

だりんっ
Bamm

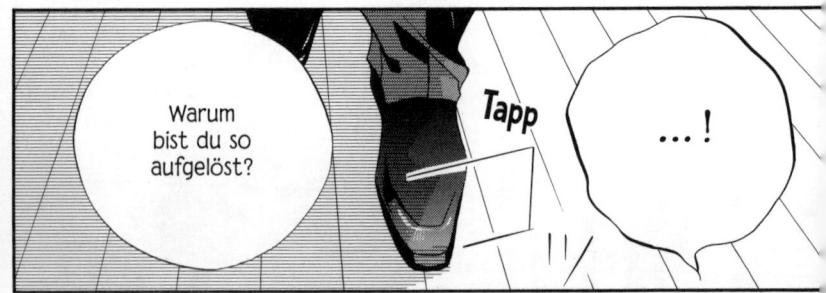

Warum
bist du so
aufgelöst?

Tapp

...!

44

Ich musste mit ansehen, wie die Täter von »wilden Hunden« getötet wurden.

Natürlich macht mir das noch zu schaffen.

...

Aber ...

Das sieht der keuschen Schwester Erna gar nicht ähnlich.

Pater!

カリ
Klapper
カリ

Macht dir der als Vampirmord getarnte Vorfall immer noch zu schaffen?

Es tut mir leid! Das war sehr unschicklich von mir!

Es ...

あた
Hibbel

ふた

カリ
Klapper

45

Das bringt nichts ∞

Du bist gut und rein. Pass auf, dass du dich nicht beschmutzen lässt!

Ah ...

...

... Sie haben eine zu hohe Meinung von mir.

Pater ...

Wusch

∞ meinem Herzen folgen.

Aber ...

... ich will ...

Im Moment kann ich den Pater noch nicht überzeugen.

47

Was ist los?

Drück

Ich heiße Erna!

...

Redest du heute gar nicht mit mir?

Kriee

Was ist los mit dir? Ohne dein edles Gerede macht das alles nur halb so viel Spaß!

Möch-test ...

Heilige Schwester?

Hyaah

Was denkst du?

Meinst du, wo ich dich zuerst bei-ßen soll?

Drück

Nein!

Ich meine die Bibel!

Möch-test du mich ... ... denn nichts fragen, Rich-ter?

Wovon sprichst du?

Ich will wissen, was dich berührt hat!

Hast du irgend-etwas nicht verstan-den?

Ist dir eine Passage besonders aufgefal-len?

!

Schluck

49

Dachtest du echt, ich würde sie lesen?

Hram

Ich habe sie wegge-worfen.

Das
...

Schleck

?
Uh
...

Das
ist wirk-
lich gut
...

Schmatz

Schhhlp

Schhhlp

Zuck

Tropf

Die Tränen
einer heiligen
Schwester
erregen
mich.

51

Du bist so gut wie tot ...

Hm?

Oder habe ich etwa das Herz verfehlt?

Fschhhh

Das brennt ...

Wusch

Pater ...?

Klick

Tse

Eine Silber-kugel ...

... die in Weihwasser getränkt wurde ...

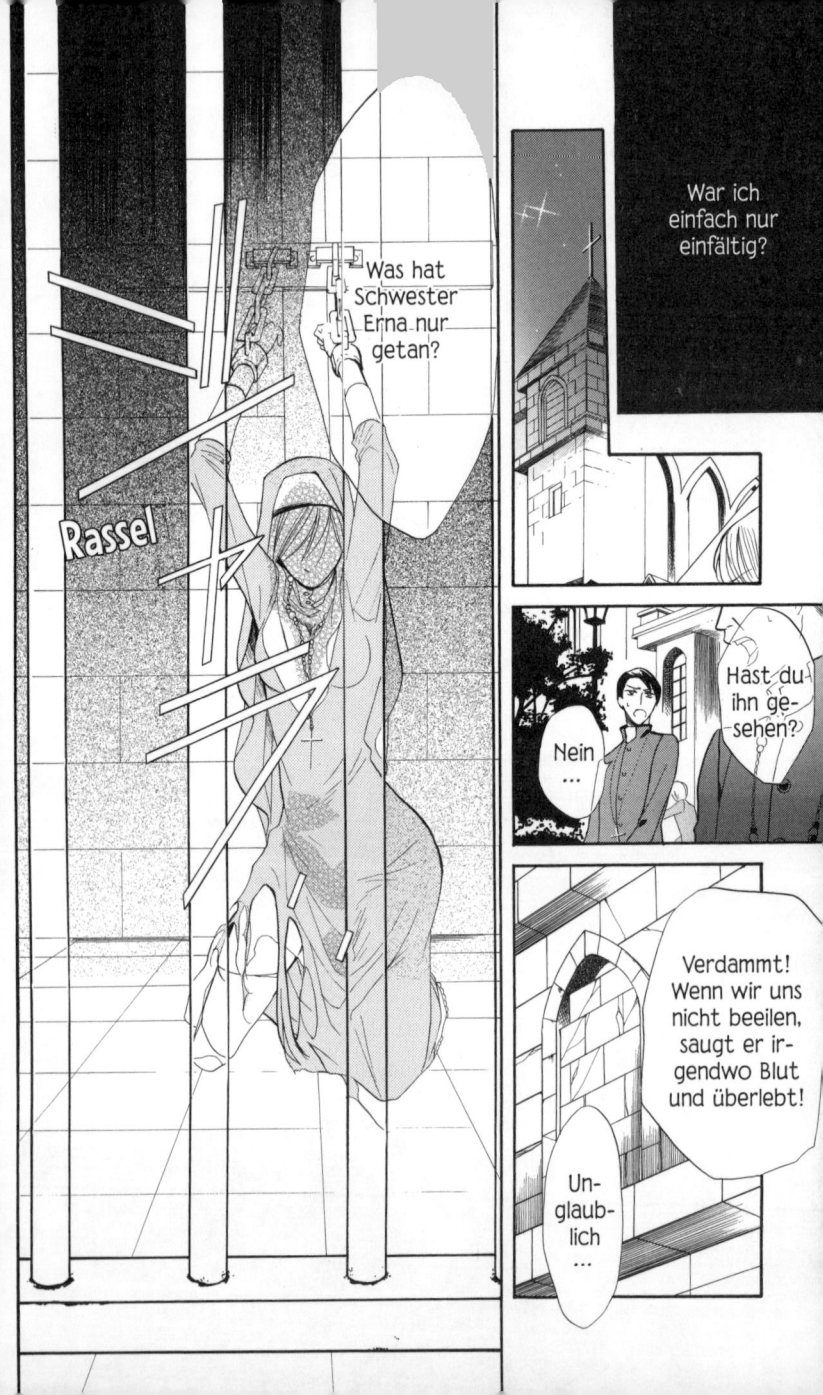

Quiiie

Aber keine Sorge!

In dieser Einzelzelle sind wir ganz unter uns.

びくっ
Zuck

Klack

... dich in diesem Zustand zu lassen.

Bei dem Vorfall vor ein paar Tagen ...

... aber er hasst Vampire über alles.

...

Der Pater ist liebenswürdig ...

Was für eine furchtbare Geschichte.

Tapp

Tapp

Tapp

... wurdest du also wirklich von einem Vampir angegriffen.

!

Du hast dich ge-opfert ...

um die Menschen in der Stadt zu beschüt-zen.

Da kann man wohl nichts ma-chen.

Dieses Mal ha-ben wir wirklich sein Herz getrof-fen!

Schüs-se ...?

Wir haben den Vampir erlegt!

Bamm

Bamm

Bamm

Du bist eben eine heilige Schwester.

Baamm

Pater ...

Meine Heilige ...

Schock

... wurde also von dem Monster besudelt?

... sind schmutzig!

... bist du nicht mehr du selbst.

Aber jetzt ...

Du bist keuscher als jede andere.

Dooomm

Krack

Welch
süßer
Duft.

Richter
…

Na, was
sagst du
jetzt, ehr-
würdiger
Pater?

Klank

Hah
…

Du hast
sie ganz schön
gut versteckt.
Es war schwer,
ihre Fährte auf-
zunehmen!

Du
….!

Tropf

Klank

Klank

Fschhh

Tropf

Tropf

Und das in deinem jämmerlichen Zustand, ohne Blut zu saugen!

Du bist dem Tod also erneut entkommen, Monster!

...!

Ich bin eben kein Allesfresser.

Im Moment will ich nur das Blut dieser Schwester trinken.

Ke he

... ist ein Teufel, der dich beflecken und auffressen will!!

Das da ...

Schwester Erna! Komm endlich wieder zur Vernunft!

Vielen
Dank
...

Du
bist
...

... wirklich
...

Er hat
ein Herz.

... einfach
zurück-
lassen
können.

Du
hät-
test
mich
...

Aber
du hast
mich wie-
der ge-
rettet
...

... und
dich dabei
so schwer
verletzt.

?!

Der Vampir ist viel grausamer zu dir.

Das nennst du »Rettung«?

Bamm

Nein! Wenn ihr jetzt schießt, trefft ihr noch die Schwester!

Es ist vorbei, Vampir!

... lieb ...

Leck

Ganz bestimmt.

Naiv wie immer.

Das kann ich dir erklären.

Ke

Raschel

Aber ...

Drück

Lieber Gott ... warum lässt du ein solches Monster am Leben?!

Fiep
✝✝✝
Fiep

Nimm dir ein Beispiel an mir und trag eine Bibel bei dir!

Weil ich einen ziemlich voluminösen Schutz Gottes bei mir trage!

Dann ...

Wer von uns hat jetzt Grund zum Heulen?

!

Das ist doch ...

Und ich habe keine Lust, hier zu sterben ...

Also ...

... die Schwester habe ich zurück.

... also fliehe ich jetzt wirklich!

Ah?!

Was meinst du?

Es tut mir wirklich leid!

Schleck

Du kannst nicht mehr in die Kirche zurück ...

... und deinen geliebten Pater kannst du auch nicht mehr sehen.

Das macht mir nichts aus!

Das ist deine einzige Sorge?

Ich schäme mich so!

Ich hätte wissen müssen, dass du die Bibel nicht wegwirfst.

Ich habe dir nicht genug vertraut.

Kling

Krk

Was auch immer ...

... auf uns wartet ...

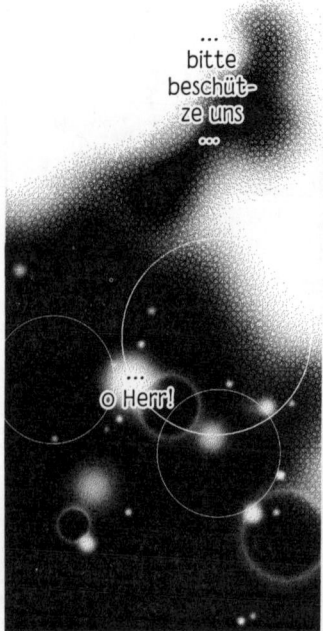

... bitte beschüt- ze uns ...

... o Herr!

Ich ver- treibe den Geruch die- ses anderen Mannes ...

... Erna!

Kapitel 3

Ein Vampir?

Es wurden Truppen in alle umliegenden Gegenden entsandt ...

Klapper

Lass das!

... eine Nonne angegriffen hat und mit ihr geflohen ist?

Oh, ja!

Haben Sie von dem Vorfall gehört, bei dem ein Vampir ...

Nicht ...!

Schwester Erna.

Klack

Die ehrwürdigen Pater sind hier.

Wir können nur dafür beten ...

... dass der Fall mit dem Vampir schnell gelöst ...

... wird ...

Zwinker

...!!

Fuoooh

Fschh.

Whooh

Au.

Ke he

Was?

Ja.

Du hast seit Langem mal wieder in einer Kirche gebetet ...

Nicht schon wie-der. Zeig mir deine Wun-de ...

Er-regt ?!

Ke he

Das hat mich erregt.

Badumm

Ke he

Ja, ja ...

Ich habe doch gesagt, du musst dich beherr-schen!

Badumm

Was
...?

Plock

Sst

Ähm
...

Plock

Richter?

Ähm
...

Was
tust du
da?

Flapp

Dir ist
doch kalt,
oder?

Ah
...

Dann zieh dich aus!

Ich wärme dich.

Das alles ...

Es ist gefährlich, sich Richter zu widersetzen!

So geht das nicht!

Aber ...

... nicht ...

... gucken ...

Es ist ganz normal ...

... sich gegenseitig zu wärmen.

Ba-dumm

Badumm

Richter ...

... hat nur Mitleid mit mir!

Da ist nichts Komisches dran.

Badumm

89

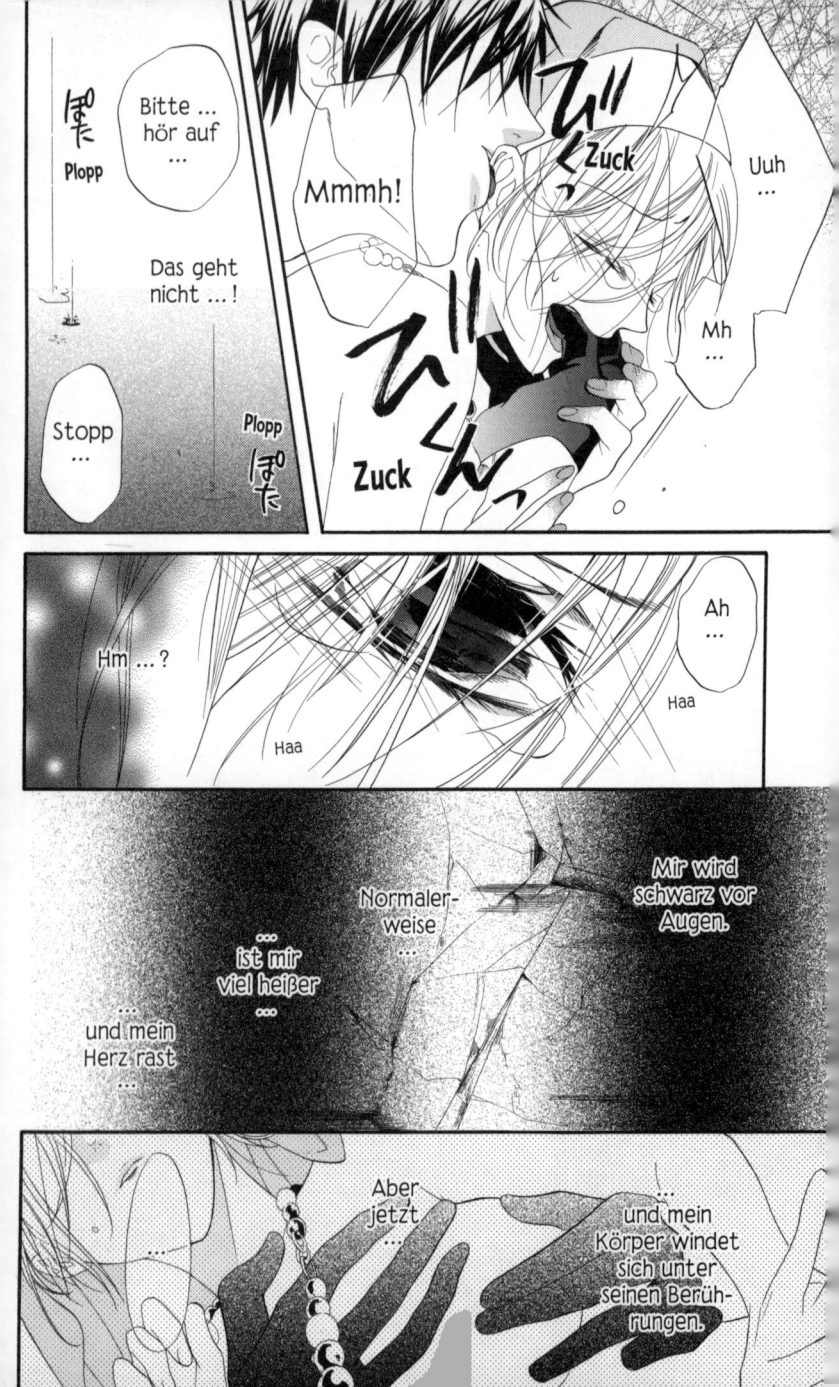

93

Die ist von damals, als ihn der Pater angeschossen hat ...

Sie ist ...

... immer noch nicht verheilt!

Diese Wunde ...!

In diesem Zustand ...

Silberkugeln sind gefährlich.

Die Verletzung scheint auf die geweihte Kugel von vorhin zu reagieren und breitet sich aus!

Hast du etwa ...

... noch mehr Wunden?

Und
vorhin
...

... bist du so
viele Tage
gereist?

Baamm

... musstest
du dich
schon wie-
der veraus-
gaben.

ヒュゥ
Fuooh

Wenn
ich im
Anwesen
ruhe, heilt
das schon
wieder.

Aber
es ist
noch
weit
...

... und ein
Schnee-
sturm
wütet.

Ke he

Ohne dich
wäre ich schon
längst da,
Schwester!

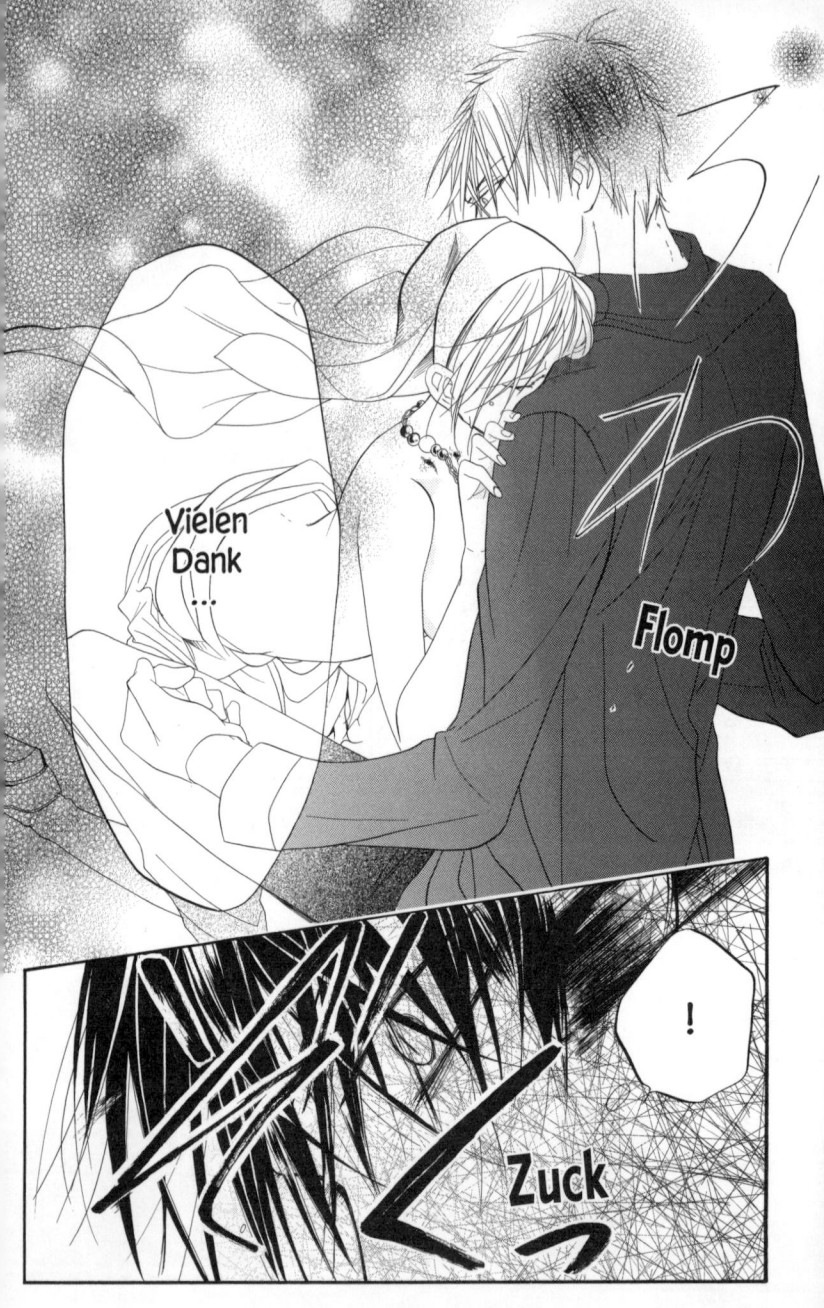

103

104

106

Ach so!

Hinter der Höhlenwand war also heißes Wasser!

Die Wand ist wirklich wärmer als der Erdboden

So wird mir schnell wieder warm!

Wir sind in einer Vulkangegend.

Platsch

Es ist also kaum verwunderlich, dass es hier heiße Quellen gibt.

Was für ein schöner Anblick.

!

Splasch

Was?!

Hram

Du hast mich eine ganze Nacht lang warten lassen!

Ah ...

Uh ...

Jetzt kriege ich ja wohl meine Belohnung?

Ah ...!
Slrp
Mh ...
Aah!
Plitsch
Platsch

... und ich kann nicht mehr richtig denken und fühlen.

Mir ist so heiß ...

Vielleicht wäre es besser, wenn ich ...

... wieder in Ohnmacht falle?

Zuck

Warum ...

... hast du das getan?

...

Schluck

Haa

Haa

Fschh

... das in Kauf genommen ...

Was?

Haa

... um mich zu beschützen?

Warum hast du ...

110

Was ist?

Willst du dich endlich ganz deiner Lust hingeben?

Er ist ein gemeiner Vampir, der sein Spiel mit mir treibt ...

... aber gleichzeitig ist er unheimlich lieb.

Ke he

Ich ...

°Ah?!

N... Nein!

Splasch

... zusammen zu sein, Richter ...!

Ich freue mich nur ...

... mit dir ...

Wie
?!

Und hier
hallt deine
Stimme
richtig gut
wider.

Jetzt
weiß ich
...

Danke,
lieber
Gott
...

Ich freue
mich auch.

Das
erregt
mich
noch
viel
mehr.

... dass Blut
besonders
gut schmeckt,
wenn man sich
zurückgehal-
ten hat!

Sst

Keine
Chance!

Splasch

Bitte
warte
...!

!

Schon bald
sollte ich am
eigenen Leib
erfahren
...

!

Bestie
!!

Ich will
mehr!

...
als ich ihm
dieses neue
Gefühl bei-
brachte.

...
was ich
da angerich-
tet hatte
...

... ich kann das einfach nicht zulassen!

Hasst du mich jetzt?

Wie traurig.

Hah

Hah

Es tut mir leid!

Aber ...

Du greifst sogar zum Kreuz, um mich abzuwehren ...

... damit die Wunde von der Silberkugel verheilt!

Du musst dich ausruhen ...

!

Ich habe dir doch gesagt, dass du in meinem Anwesen keine Zeit zum Beten haben würdest.

Aber er ist anders.

Vampire ...

... sind herzlose Monster, die menschliches Blut trinken.

Leck

Ausruhen kann ich mich später.

Ich ...

Er hat ein warmes Herz.

Ich schwöre bei Gott!

Sobald du geheilt bist, lasse ich widerstandslos alles mit mir geschehen!

Ach ja?

Aber da er Gefühle hat ...

Zuck

Willkommen im Raubtiergehege ...

... Erna!

... wartet auf mich ...

... bereits eine weitere Prüfung, lieber Gott!

Kapitel 4

Kriee

Oh!

Ist das groß …

Guck
びく

Guck
びく

Aber …

Wenn du es doch tust …

… verlass auf keinen Fall das Anwesen!

Du darfst überall frei herumlaufen.

Dann ruhe ich mich jetzt aus.

119

121

Mal macht er mir Angst ...

... und dann ist er wieder lieb zu mir.

Das überrascht mich.

Etwa so!

Der Herr des Hauses ...

... mag also Blumen und hegt und pflegt sie!

Wie schön!

Er ist selbst wie eine vielseitige, farbenfrohe Blume.

Ah ...

... das Anwesen ... verlassen.

Nicht ...

Was meinte er, als er gesagt hat, er würde mich bestrafen ...?

Zitter

Zitter

Aber ... für seine bestialischen Neigungen sollte er sich schämen!

122

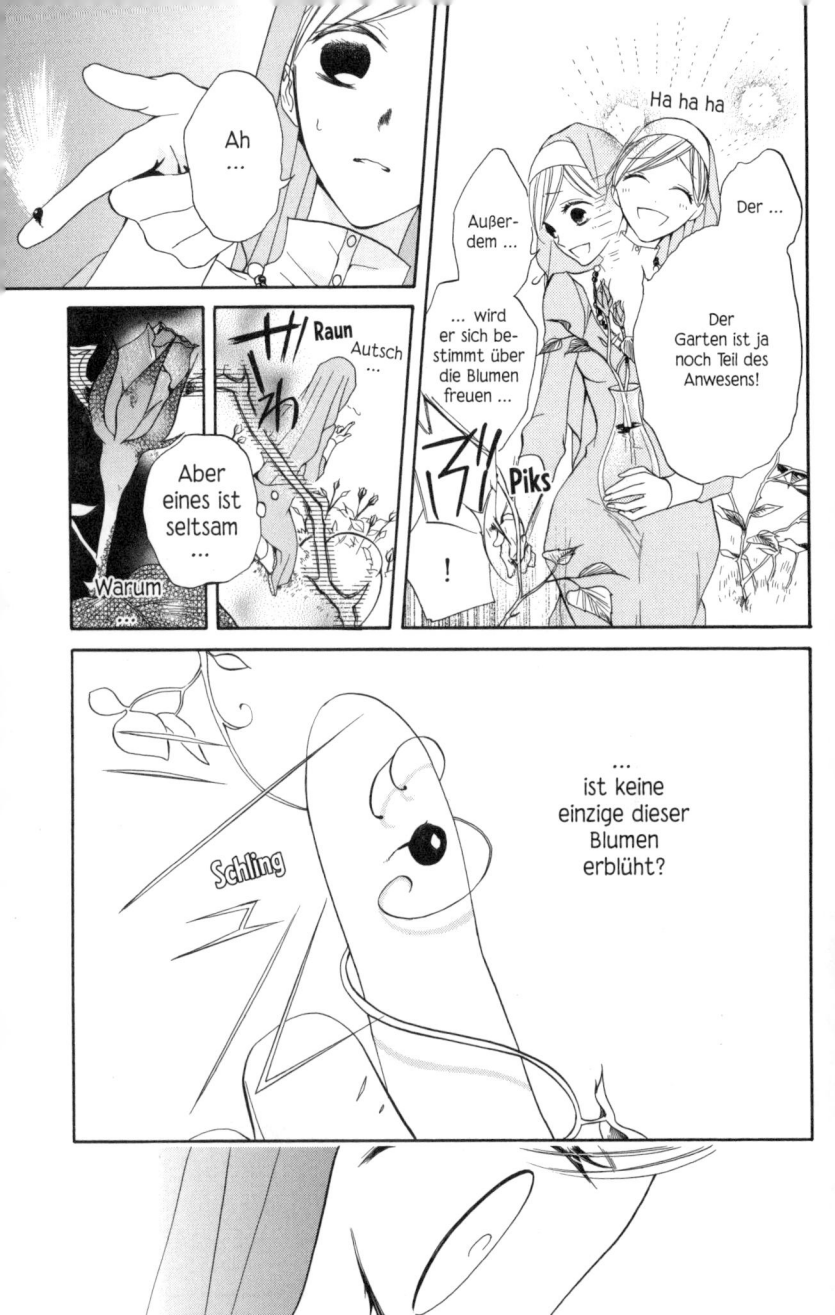

Wuusch

Was
…

Was
…?

Raun

Piks

Au!

Piks

Sie
schlingen
sich um
mich
…

Zuck

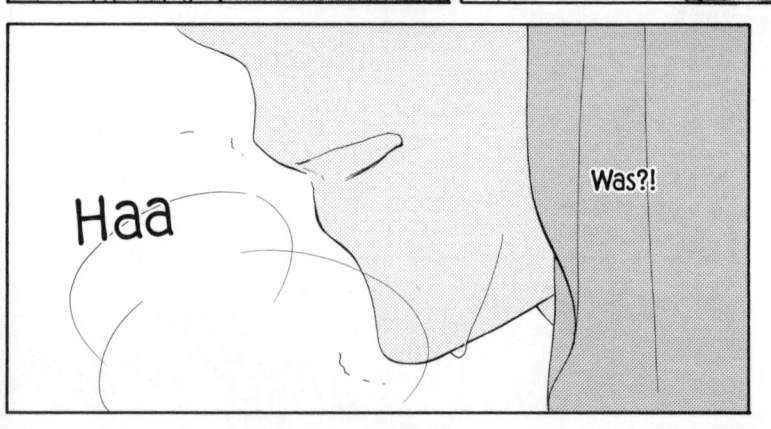

Haa

Was?!

ke
he

Ganz schön frech, dass sie sich eine heilige Schwester als erste Mahlzeit ausgesucht haben.

Zuck

!

Ja, mein Schlafplatz.

...
Ein
...

...
Sarg
...?

Die Dinge, die meine Kraft in sich aufgenommen haben ...

... besitzen dasselbe Verlangen und dieselbe Kraft wie ich.

Mach mich los!

Erna.

Uh ...
Bitte ...

Ah.

Zerr
Zerr
Zerr

Sst

Sst

Böse Mädchen, die sich nicht an Verbote halten können ...

... müssen bestraft werden, nicht wahr?

Warte!

Sst

Zuck

Slp

... und saugen mein Blut.

Slp

Die Ranken kriechen über meinen Körper ...

Nein ...

Ah!

Neein ...

Slp

Dämmer

Haa

Ah
...

... Blu-
men also
wirklich
...

Du
magst
...

Klonk

Ah
...

Zuck

Ich ...
kann
nicht
...

Dafür
muss ich
dich be-
lohnen.

Ke

...
So
war
das
also.

Aah
?!

Wenn das
so weiter-
geht ...

Mh!

Ah!

Piks

Uh
...

Piks

Piks

139

Gleichzeitig bist du so rein, dass dich nichts beflecken kann!

Ratsch

Du wirst dich wieder verletzen, Richter!

Flacker

Schwester Erna ...

... muss von dem Vampir fürchterlich bedroht werden.

... kann uns nicht einmal Gott bestrafen.

Niemand ist so keusch wie sie ...!

Ja ...

Ich fühle es an der Wärme, die sie zurückgelassen hat.

Das Herz ...

... ist immer noch bei Gott ...

... der Schwester ...

... und bei mir.

Also!

Bringen wir die Strafe Gottes über das Monster.

Wusch

143

Menschen sind meine Nahrung.

... meine Spielzeuge ...

Es macht mir Spaß, sie vor Lust stöhnen zu hören und ihr süßes Blut zu vergießen.

Sie sind für immer ...

Kapitel 5

Lärm

Flour

Raschel

Lärm

... dass wir immer für mich einkaufen gehen müssen.

Es tut mir leid ...

...

Taumel

... dein Blut ist meine einzige Nahrung.

Das ist doch wohl selbstverständlich ...

Stütz

A... Alles in Ordnung?!

Ja.

Wupp

147

...

Streich

Du hast dein wertvolles Blut an diese Blumen verschwendet ...

Er hat so viel Blut getrunken ...

... dass mein Kopf ...

...
und dein ganzer Körper ist voller Einstiche ...

!

Zerr

Haa

Haa

Du hast versprochen, alles widerstandslos mit dir geschehen zu lassen!

Aber es reicht mir noch nicht.

Hram

...!

Böse Schwester!

Was?

Du kannst mit mir ... ... jederzeit über deine Sorgen sprechen.

Lächel

An jenem Tag dachte ich, meine Zeit auf Erden wäre vorbei ...

... aber jetzt geht es mir wieder gut!

...

Ähm. Also ...

Ich mache mir Sorgen. Du hast über einen Monat kein Blut getrunken und bist schon ganz blass!

Lieber Gott ...!

Bist du noch wütend, weil ich das Haus verlassen habe?

Keine Reaktion ...!

Ah!

Wenn dich irgendwas beschäftigt ...

Zerr

Verführst du mich etwa?

Domm

Ha ha

Du bist ja doch schon der Lust zum Opfer gefallen.

War-te!

Nein!

Gleich beißt er zu!

Was?

Ähm...

...

Waas?!

Badumm

Stille

?

...

Badumm

Wie peinlich ...!

Kleiner Scherz.

Wie?

Lass uns nach Hause gehen, Schwester.

Baaam

Bamm

Bamm

Okay, gehen wir.

Tapp

Wie konnte ich nur so was denken?!

Nein! Ich gehe allein!

Ich will noch etwas kaufen ...

Aaaah!

Ich will jetzt allein sein.

Hey, warte ...!

... rette den Vampir!

Komm mit mir ...

... und ich ...

Aber sie hat Sie verraten!

Ich weiß, dass Sie sie wie eine jüngere Schwester lieben!

Was ...?

∞ mit dem Pater?

Zuck

Sie ist eine Sünderin!

Ich soll ...

Wusch

Kommandant?!

158

Wuuusch
!
Zack
Bamm
Ah!
Widerliches Monster!
... nein ...
So versessen bist du also auf die Schwester ...
... auf deine Nahrung!
Zuck
...
Nah-rung ...

Dooong

Dooong

Doong

Kriee

Uh.

Wo
noch?

...

!

Uh!

Ah.

Doong

Haah
...

164

169

Bamm

Klack

Das erste Sonnenlicht in seinem Leben wird ihn reinigen ...

... und Gott wird ihn retten.

Warum kann er sich noch bewegen?!

Warum ...?

Hah ...

Hah ...

Ich ...

Monster!

Wir sollten ihm sofort einen Schuss ins Herz verpassen ...

... also ...

... warum ...

... dass er so qualvoll wie möglich sterben soll!

Aber der Kommandant hat befohlen ...

Murmel

... sind Nahrung ...

Men- schen ...

Murmel

Was faselt er da ... ?!

... weil ich ...

... dich nicht verlieren wollte.

... konnte kein Blut mehr trinken ...

... was gesagt?

...?

Hast du ...

Willst du ...

... Gott etwa verraten?

Ha!

Pater!

Ich ...

Heilige Schwester Erna ...!

181

185

Ke he
Jetzt verschone ich dich nicht mehr ...!
Befriedige mich.
Wa...
Haa
Was ...?
Haa
Welches ...
Domp
... »erste Mal« nehme ich mir als Nächstes?

Warum fühlt sich das so ...

... und die Hitze seiner Küsse überwältigt mich.

Seine Worte klingen süß ...

Badumm

Badumm

Aber zuerst ...

Lieber Gott?

Badumm

...
bringe ich dir
...

... das Küssen bei.

Ein süßer Schmerz ...

...
als wollte er mich warnen.

...
verbrennt mein Herz
...

Sister and Vampire 1 / Ende

Zwischenakt: Kapitel 2.5

Das muss ich schnell behandeln!

Ein ... ... Traum ...?

Hah

Hah

!

Lieber Gott!

Was ...

Was war das nur für ein Traum?!

Warum ist mir immer noch so heiß ...?

Eine »Behand-lung« ist was ganz anderes ...!!

Schreck

Es sah so aus, als würden die Wunden, die dir der lüsterne Pfarrer zugefügt hat, wehtun.

Tropf

Deshalb habe ich dir ein bisschen Aphrodisiakum eingeflößt, damit es dir besser geht ...

Was hast du?

?!

Schwester?

Wie sollen wir die »Behandlung« fortsetzen?

Ha ha

Zitter

Zitter

!

... er ist doch nur eine Bestie!

Lieber Gott ...

Flapp

Flapp

Eine »Behandlung« ist was ganz anderes!!

Zwischenakt: Kapitel 2.5 / Ende

altraverse

Deutsche Ausgabe / German Edition
Altraverse GmbH – Hamburg 2022
Aus dem Japanischen von Luise Steggewentz

SISTER TO VAMPIRE by Akatsuki
© Akatsuki 2015
All rights reserved.
First published in Japan in 2015 by HAKUSENSHA, Inc., Tokyo.
German language translation rights arranged with HAKUSENSHA, Inc., Tokyo
through Tuttle-Mori Agency, Inc.

Redaktion: Katrin Aust
Herstellung: Martina Stellbrink
Lettering: Vibrraant Publishing Studio

Druck: CPI books GmbH, Leck
Printed in Germany

Alle deutschen Rechte vorbehalten.
ISBN 978-3-96358-022-2
2. Auflage 2022

www.altraverse.de